우리 시대 현대시조 100인선　85

미완성 설경 한 폭

초판 인쇄 2004년 1월 26일 • 초판 발행 2004년 1월 28일 • 지은이
김교한 • 펴낸이 지현구 • 펴낸곳 태학사 • 주소 서울시 서초구 서초
2동 1357－42 • 전화 (02) 584－1740 (代) • 팩스 (02) 584－1730 • e-mail
thaehak4@chollian.net • http://www.thaehak4.com • 등록 제22－1455호

ISBN　89-7626-885-7　　04810 • ISBN　89-7626-507-6　(세트)

☞ 저자와의 협의하에 인지를 생략합니다.
☞ 파본은 구입한 곳이나 본사에서 바꾸어 드립니다.

우리 시대 현대시조 100인선 85

미완성 설경 한 폭

김 교 한

태학사

통도사 서운암. 십육만 도자 대장경 조성 도량에서 (뒷줄 왼쪽부터 시계 방향으로 강호인, 이우걸 시인, 필자, 성파 큰스님, 김복근, 김연동, 최재섭, 양계향, 서일옥 시인)(1991)

낙산사에서 조오현 큰스님과 필자. 문학 입문시 처음 만났을 때를 회고해 보기도 했다. 큰스님의 인정은 여전하였다. (1994)

경남시조세미나, 경남시조문학상 시상식에서 (앞줄 가운데가 필자. 그 왼쪽이 주제발표를 해주신 김제현, 임종찬 교수) (2000)

가족사진. 공립중등교사 초임지에서 (울주군 내) (1959)

차례

제1부 대

제2부 강변에서

제3부 노비산

제4부 광장

제5부 수양버들

제1부 대

대

맑은 바람 소리 푸르게 물들이며
어두운 밤 빈 낮에도 갖은 유혹 뿌리쳤다
미덥다 층층이 품은 봉서 누설 않는 한평생.

어느 날 문득

어디에도 발 디딜 징검다리 보이지 않는
거울 속 들어앉은 미완성 설경 한 폭
넘어 온 산이며 들판이며, 멀리 뻗는 지하수맥.

난 가꾸기

창가에 난을 내니 늘 아침 같이 열린 하늘
나는 날마다 갈망의 입술 위에
하던 일 다 잃었어도 물을 대는 낙이 있어.

햇살 묻은 소나기로 실올처럼 풀어 주면
푸른 날 발 돋우는 그림자가 다가와
그치지 않는 분수를 품에 안고 나선다.

떡잎 질까 걱정이더니 동면 끝에 새순 하나
침묵의 벽을 깨고 연록의 깃발을 감고
어쩌면 미명의 우주를 밀고 있는 것일까.

가을에

길섶에 불시착한 철 잃은 애원의 서신
시름시름 까물거리는 황혼 빛 세월 찍고
마지막 떨군 비명을 촉감으로 판독하란다.

들국화

남이 다 돌아설 때
그 자리를
아물게 한다

우수수
잎 지는 들녘
기다림의 재를 넘어

찬 서리
방긋 헤치고
가는 해를
배웅한다.

둔치도의 갈대 둑에서

한번 디딘 발목으로 평생을 바치는 일념
곧게 곧게 간추리다 불면의 밤 태우며
한사코 기대지 않는 순결의 다짐인 것을.

바람 앞에 세운 의지, 저항과 순종 사이
긴 허리 시린 날에 안간힘 다하는 맥박
강물은 일어선 깃대를 더 맑게 흔든다.

그토록 청순했던 이른 봄 새순의 노을
때때로 힘에 밀려 들어누울듯 하다가도
꿋꿋이 굴하지 않는 지조의 돋움이었다.

겨울 입문

참다가 상처 입을라 서둘러 돌아서는가
층층이 쌓은 믿음 인연 다한 강물이 되고
저 언덕 징검다리에 노을이 건너뛴다.

총총걸음으로 거둬가는 뒷모습 사라지고
머물다 떠난 자리마다 기억을 새기는 울림
마지막 매달린 잔엽도 끝내 웃고 진다.

겨울 장미

앙상하게 다 시드는데 외로이 핀 장미 한 송이
텅 빈 뜰 가에서 바람 불어 설렁해도
그 자리 떠나지 않고 스치는 눈길 거둔다.

끝내 솟구친 울음 얼룩으로 다 삼키고
저항 없이 낙엽져 간 그림자를 딛고 서서
싸늘한 계절이 와도 못다한 말 홀로 고한다.

뜨고 싶은 을숙도

아직은 못 돌아설 도요새의 꿈밭이었다
소슬히 서걱거린 갈대로 누더기 깁고
석양 빛 그물을 치는 강물에 잠기고 있다.

나신으로 앓고 있는 그 실상 감지하며
한겨울 가창을 잃은 도래지의 외론 돌비
아득히 그리운 하늘 바람 휘휘 감는다.

변색한 강 아니었다 웃음 지운 강 아니었다
허망한 만남 위해 긴긴 물길 풀었나
철새들 비상의 꿈 실어 섬은 지금 뜨고 싶다.

황혼

산너머
자맥질하는
귀로의
마지막 절규

들녘은
소리 없이
겉옷을
벗어 던지고……

청산은
그냥 있는데
놀만 저리
설레고 있다.

탱자나무 울 가에서

온 몸에 햇살 꽂은 과수원 울타리 길
섣불리 닿지 못할 푸른 미소 내비치며
어느 날 외롭지 않을 노을 빛 꿈 꾸고 있다.

겨우내 뼈대 시린 가시의 인내로 하여
성숙한 메아리를 내놓는 아픈 공간
매운 정 무던히 안고 그림자 하나 서 있다.

영원한 타인

문중산 양지 자락에 회상의 노을 탄다
바람도 머뭇거릴 적요의 이불 덮고
그토록 고락의 미로이더니 흙 냄새만 짙어 온다.

그대의 진혼을 위한 하얀 물결 여운 멀리
영원한 타인으로 이름 바꾼 안개 속
우수수 낙엽을 뿌리는 하늘이 온통 빈다.

집착해 온 그 공과를 저 강물에 띄우고
그렇듯 무성한 꿈 그림자조차 거두다니
뉘우침 샘물로 솟아 남은 갈 길 아프게 한다.

제2부 강변에서

강변에서
―봄 낙동강

시린 매질 다 용서하고 새로 시작하는 강변
갯버들 동면을 찢고 빗물 거둔 가지 끝은
봄 소묘 한 걸음 앞선 설렘으로 맞는다.

황지천 원류 뻗어 머나먼 천 삼백리
연민과 증오의 벼랑 감돌아 치유하며
연둣빛 어리는 기운을 벅차게 모으고 있다.

낙동교를 흔들며 열차가 막 지나간다
그 아래 흐르는 세월 실은 강물 보며
남루한 옷 훨훨 벗는다 움돋는 강변에서.

저 강물

푸른 하늘 이고서도 빗물 젖는 가슴들
점점 몸져 소리 잃고 흘러가는 저 강물
어쩌랴 산은 자꾸 돌아서며 그대 이름 지운다.

섬진강 · 9
―태고의 거울

풀 향기 짙은 기슭
물 빛 따라 열리는데
굴곡 없는 햇살을 싣고
때로는 구름을 얹어
여기는 잘난 체하는 산도
그런 소리도 없다.

이름난 큰 강들이
시나브로 앓아 누워도
굽이굽이 갓닦은
지리산 백운산 빛
태고의 투명한 퍼덕임이
혈관으로 흐르고 있다.

섬진강 · 10
—강변 야화

지리산에 땅거미 지면 외로운 그림자 하나
발길 닿는 강가에 나가 나룻배를 기다리며
마음은 건넛산 골짝을 향해 징검다리를 놓는다.

끈끈한 그리움이 설레는 외딴 산가(山家)
안개처럼 자욱한 밤의 적막 닦는 별빛
강물은 기슭을 치며 진한 악수를 주선한다.

산에 오르니

산록은 오솔길 열어 망설임을 덜어준다
새 소리 물 소리 흐르고 있는 피리 소리
신비론 눈동자들이 나를 에워 반짝인다.

산마루에 올라서니 길 트이는 땀의 보람
삶의 늪 헤엄쳐 나와 잠시나마 나무가 되어
이렇게 사이 떠 있어 조망할 수 있다네.

시간표도 사라진 날 산이 내게 오라더라
진솔한 경위서 한 장 쓰다가 또 지우고
너무나 구겨진 여백을 푸른 가지에 달아본다.

봄 산

아침 산은 말 없어도 넌지시 눈짓한다
꽃 물감 들인 능선을 지나는 구름이 멎어
불그레 빗물을 적시고 풍선처럼 이동한다.

손에 접은 시 한 쪽을 간간이 펼쳐 보고
또 다른 삶의 빛을 새순처럼 대하면서
기나긴 시간을 밀친 적막함을 다 모은다.

진달래 앞장세워 천주산 등에 서니
숨가쁜 오르막길 젖은 땀의 보람만큼
세상은 열리어 있다 누군가의 외침이 있다.

아침 산의 만남

소나무 둥치 틀며 층층이 기지개 펴고
아침 그늘이 엉금엉금 기어 나오는 굽은 산길
촉촉이 젖은 눈동자가 여기 저기 숨어 있다.

묵은 새 몸을 비벼 소진하는 운율들과
바람결에 눈발처럼 낙하하는 금빛 송화
그 깊은 산의 꺼풀을 철옷처럼 내 건다.

풀 빛으로 무르익는 산록을 접어들면
아카시아 흰등 달고 기다리는 오솔길
묵묵한 산의 변용 앞에 안개가 쫓기고 있다.

가을 산

생존의 균형을 잃은 방랑의 길손들
계곡은 핏물이 고여 마지막 하늘을 적시고
모닥불 그 연기는 져도 꿈의 씨앗은 여문다.

버림도 아니고 떠남도 더욱 아닌
모성의 손을 풀고 돌아서는 인연의 미소
본뜬 것 훨훨 벗어버리고 자리 고르는 몸짓들.

산은 지금

무한 세월 쌓은 녹봉(綠峯) 그 보람도 잔인하게
허리 잘린 오솔길은 실밥처럼 헝클어져
아득히 비장해 온 혈류(血流) 화석 가루로 앓고 있다.

고목 한 그루 돌무더기에도 숨결을 감지하며
산 자락을 텃밭 삼던 두메 사람 이웃은 가고
멀쩡히 흐르는 물소리조차 갈색 울음을 더 섞는다.

분산*의 바람

만장대 등산길을 쉬엄쉬엄 올라가면
숲 그늘 짙은 비탈에 뿌리박은 큰 바위
바람이 솔솔솔 불어 서로 부둥켜 안고 있다.

어느 날 산의 물빛에 촉촉이 젖어 들어
돌아서지 못하는 그림자를 묻어 놓고
황토길 굽이진 길에 기다림의 등을 단다.

고였던 산바람은 예고없이 일렁이어
땀에 젖은 옷자락을 툭툭 건드리며
목에 찬 뜨거운 갈증을 한 무더기 건져간다.

* 분산 : 김해 분산성이 있는 산 정상에 전망이 좋은 만장대가 있음.

통리*의 백사 해변

산더미로
밀어닥친
그 욕망
품안에 접고,

물무늬진
속살결에
자국 놓고
떠난 물새,

아득한
사모의 오열이
저 하늘에
닿는다.

* 통리 : 전남 보길도 동남부 해안 지명.

새벽 예송리[*]

어부사의
고향에 와
설레이는
밤 보내며,

어둠과
대좌하여
소원이
닿는 순간,

바다는
암벽을 허물고
여명의 음보를
탄주 한다.

* 예송리 : 전남 보길도 남부 해안 지명.

해변에서

바라보는 행선지는

산 같고 구름 같다

밀고 왔다 거둬가는

해변의 물살 따라

남은 정 바닥이 나도

다 못 지운 모래 가슴.

제3부 노비산

노비산[*]

돌아보니
잊지 못할
쓰라린
방랑이었다

구름도
가릴 수 없는
가슴 속
스민 별빛

잔잔한
바다의 창을 여는
고향 얼굴
그립다.

* 노비산 : 마산에 있는 유서 깊은 동산.

매화

차가운 바람이 있어
깨어날 수 있었다

마디마디 피멍을 찍고
수잠을 감내하며

한사코 꺼지지 않는 불씨를
뿌리 깊이 간직했다.

사무치게 뼈 시려도
설한을 기다렸다

수척한 빈 자리에서
울음 친친 감으며

속 깊은 심지를 믿었다
알싸한 빛살 깨물었다.

약수터 산책

산록의 아침 빛은 푸른 문을 세운다
바위도 생각 끝에 몸을 쪼개 길을 낸다
물소리 열리는 곳에 살아 있는 믿음 있다.

줄지어 아기를 업고 내려오는 푸른 모성
가없이 넓은 치마폭을 부담없이 짚고 서서
그 깊은 맥박 소리를 흘려 보낼 뿐이더냐.

아침 문이 열리고 있는 고요의 속삭임을
마음으로 대하지 못한 죄스러운 나의 발길
오늘도 푸른 젖줄은 변함없이 솟는데.

설레는 간절곶

순청의 새벽 빛은 어둠 먹고 탄생한다
둑 터진 무한 바다 금실로 주름 깁고
불면에 지친 산야는 새 옷 갈아입는다.

설레도록 뜸들이더니 징 울릴 절정에서
침묵의 먹물을 걷고, 무희들이 길을 튼다
캄캄한 충만의 저 진통, 내 안의 문살이 탄다.

설경

밤새 뿌린 하얀 쪽지

이 땅 잇는 하나의 의지

지난 탓 다 뭉개고,

오솔길이 꿈틀한다

새 아침 소복소복한 다짐

먹물 갈아 수결 한다.

바위는

견고히 문을 걸고 긴 묵상에 잠겨 있다
비바람이 때릴수록 표정 하나 까딱 않는
아직도 공허한 충만 세상의 귀를 모으고 있다.

사랑하는 나무로

심오한 인연 앞에 신명을 다 바치어
남루한 기억을 떨고 백골이 부상하는데
오늘은 섭리를 받은 누군가 곁에 있다.

풍상을 내리 초월한 선각자로 우뚝 서서
그 청춘 낙엽지도록 기원하여 별을 달고
점점 더 사랑하는 나무로 멀어지고 있는가.

겨울 손

헝클어진 가슴 거두고

충혈된 눈 빛 닦는다

높은 산 평정하고

훈훈히 닿는 손길

피멍든 단절을 복구하고

사색의 길을 튼다.

유억

억새가 둘러싸는 소슬한 밤길이었다
어렴풋한 그림자 따라 산기슭을 헤매다가
희미한 허깨비들을 언뜻언뜻 보았다.

여울의 몸 닿는 소리 어둠 속에 들려오고
물레방아 걸친 헛간이 유령처럼 서 있는데
멀리서 실낱같은 빛이 손짓하듯 흔들렸다.

곳곳에 덫을 놓은 산협의 밤을 지나
덤불 속에 누워 있는 이정표를 겨우 헤치고
온몸이 식은땀에 젖은 유억을 다듬고 싶다.

내 고향 초정 약수

비 개인 물빛으로 청산이 둘러서는데
깊은 돌 속 깨어나온 오열의 피리 소리
참아 온 말문을 열고 생명의 가락 푼다.

단오 추석 명절 때엔 남도에서 이름났다
감감한 내 한 시절을 약수로 달래보며
해와 달 따스히 내린 고향이라 지내왔네.

은전보다 환한 미소로 맞이해 준 마음의 샘
바람이 솔솔 부는 강둑을 한참 지나
언제나 부르고 있는 그곳으로 나는 가 있다.

산의 울림

무성한 나무 가지의 굽은듯 곧은 의지를
아직은 알지 못해도 보일듯한 가지 사이
한 생애 하늘을 포용해 온 고목은 말을 한다.

산사의 적요함에 점점 더 젖어들면,
과욕으로 걸친 의상을 한겹 두겹 벗고 있는
십일월 그 짙은 빛깔의 울림이 물결친다.

백운산은 알고 있다·1
―노산의 은거지

숱한 전설을 끼고 멀겋게 뻗는 섬진강
달리는 차창에 기대 동굴 한 폭 그리다가
설레는 가슴 가라앉히며 진상역에 내린다.

안개 속에 묻혀 있는 적요한 황죽* 골짝
살던 집 다 불타고 다시 선 집 뜰에 서니
그 하늘 그 새 소리며 일렁이는 바람의 손.

사철 흰구름 이고 사려 깊게 굽어보는 산
암울한 시국 피해 여기서 짐을 푼 길손
감내한 고난의 생을 백운산은 알고 있다.

* 황죽 : 전남 광양시 진상면 백운산 속 마을.

사적비[*] 앞에서 · 2
— 노산이 쓴

풍우 속에 의연하다

뿜는 노을 사무친다

방랑, 은거 한 시절을

묻어 둔 백운산 갈피

잊으랴, 화석된 해바라기

그 세월 외롭지 않다.

* 사적비 : 광양 진상중학교 교정에 있음.

제4부 광장

광장

비워두어야 할
아무런 이유도 없었다

그것은 바람 속의
깃발도 아니었다

역사를 바꾸어놓을
축제의 장(場)도 아니었다.

한 시대의 물굽이가
방향을 잃어버려

바위보다 무거운
침묵이 다가오는데

갈라진 이 유역에서
다시 듣는 외침들.

장미

못다 핀 여린 숨결 겹겹이 감싸안은 채
한 인연 멍든 미소 망설인듯 고개 숙이며
그 속내, 다가갈수록 불그스름 기 뿜는다.

흔드는 바람에도 그리움 풀지 않고
달아오른 진한 파문 푸른 잎 물들이더니
더 감춘 꿈을 위하여 결 고운 상처를 켠다.

산억새

그리도 가꾸어 온 박꽃 같은 내밀한 향
미련없이 화신하여 서걱서걱 노 젓는 소리
못 잊을 그 이름들을 싣고 또 실어 보낸다.

섬 동백이 설렌다

저녁놀이 선실 안에 꼬리를 묻을 때면
출발의 시동과 함께 춤추는 고별의 깃발
장목은 선창을 내어 그리움을 건지고 있다.

덤덤히 솟는 열기를 물 이랑에 풀어 넣고
꺼지지 않는 불빛 하나 어둠 속을 가르는데
아득히 섬의 얼굴이 수심(水深) 딛고 흔들린다.

샘 같이 풀어내는 한 줄기 고요 속에
밤을 캐는 신음 소리 바다 밑 밀물 소리
피 맺힌 갈매기 울음에 섬 동백이 설렌다.

강물

시원(始源)의 끈을 풀어
달려온 푸른 욕망

첩첩이 가로막힌
계곡과 암벽을 열고

여기는
역사의 기로를
새로이 갈고 있다.

하늘이 메마를 때
소중했던 그들 생각

흩어진 분신들은
비로소 겸손 찾고

드디어
낭비의 후회를

침묵으로 고한다.

지금껏 비가 와도
은혜로 알지 못해

강물은 제 갈 길을
가고 있는 그 실감조차

까맣게
잊었던 날이
지겹게 떠오른다.

돌아와 들판을 감고
새로운 물빛을 내며

또 많은 이웃으로
뭉친 외침을 듣고

서둘러
자정(自淨)의 몸부림으로
강물은 흐르고 있다.

초겨울 산

떨어질듯 허공 딛고
매달린 저 애원들

모든 이웃 돌아서는
시간의 뒷모습으로

자리를
떠나고 있는
산문(山門)에 들어선다.

어디서 살짝 닿는
맑은 물 흐르는 소리

안개 스친 온 산은
잠들다 깨어나듯

무거운
기지개 켜며

푸른 등을 닦는다.

계절이 탄생하는
깊은 골짝 진통 안고

낙엽이 깃털처럼
내려앉은 산의 미소

나무들
내일이 있어
스스로 앓고 있다.

밤의 길섶에서

저녁놀 지펴놓고
슬그머니 떠나는 그대

가로등은 드문드문
밤의 열기 사려 이고

불러도
대답이 없어
보내주고 서 있다.

오가는 길목에서
우리들은 만나는 인연

가슴 속 강을 건너
돌아올 다리를 놓아

그 시간
뜸들 때까지

눈 비비며 서 있다.

도요를 찾아서

겨울의 한고비 넘어
낯 붉히는 산의 기슭

인고(忍苦)의 층을 딛고
인적 뜬 길을 안고

낙동강 넓은 물굽이에
벅찬 외침이 있다.

하늘을 끊어놓은
겨우 열린 길 따르면

원주민 터 냄새가
불어오는 바람 타고

한걸음 앞서 다가와
모롱이에서 맞는다.

현장에서

땀으로 얻는 보람 아침같이 늘 느끼며
슬기 어린 손을 모아 우주의 문도 열고
새로운 전설의 집을 여기 한창 짓고 있다.

하나같이 속이 차는 잔잔한 목소리들
예사 아닌 마음과 눈이 와 닿는 현장에서
한 번 더 깨어나야 할 그 날 맞아 웃고 싶다.

캄캄한 밤하늘에 멀리멀리 흐르는 별
그 별같이 감추어온 그대들 가슴 속에
산산이 물결을 헤칠 지혜의 불빛 하나.

섬세한 눈시울과 진흙빛 얼굴이며
내일의 만남 앞에 바치는 사랑이여
우람한 기둥이 되어 꿈의 날개가 되어.

밤의 구포역

서울행 남도 길목
구포역을 감도는 강물

가슴 메운 사연 싣고
불빛 스쳐 흐르는데

이제 막
자정을 넘어
텅 비운 대합실.

어디가 방향인가
표정조차 시린 너는

밤차에 말없이 가고
마주 선 벽은 높아

사무친
아쉬움을 누르며

돌아서는 무거운 밤.

빈터에서

지금 어느 빈터에는
물기둥이 서고 있다

나는 설계를 접어 두고
대석(臺石)만 차려 둔다

그것은 시간에 쫓기는
사색(思索)의 얼룩이다.

그날은 강물처럼
쉴새없이 지나가도

더러는 돌아서는
아픔 같은 그 흔적들

세월이 버리지 않을
이름 하나 찾고 있다.

제5부 수양버들

수양버들

못 닿을 상거(相距)일까 연연(娟娟)히 피는 노을
조각조각 맺힌 사연 수줍은 파문일레
차라리 화석 못 되어 고스란히 타는 정.

몇 고비 한숨으로 분화(分化)하여 오른 고개
소망에 겨워 휘인 푸른 요람 흔들려라
지심(地心)은 또 어디쯤서 가는 숨결 고르는가.

긴 허리 시리도록 추원(追願)하는 순간이여
시름시름 바랜 사랑 어느 섶에 쏟았으리
한 그루 수양으로 살아 고운 꿈만 길으려오.

아침 산

산마루가 떠오르면
불 지피는 소리 인다

숲에 가린 아랫목은
아직도 꿈 엮는데

오늘을
흔드는 너는
빛의 살을 닦는가.

조용히 일어서는
수목의 그림자와

벌목의 음향 고인
골짝에서 피는 안개

아침 산
맥박 소리를

나는 더 듣고 싶다.

외로운 산

저 산을 바라보니 살아온 재와 같다
배낭을 등에 지고 땀에 젖은 옷을 풀고
우리가 나갈 행보를 구름 얹어 보인다.

질러가는 산길 내어 쉬어가며 뿌린 한숨
산자락에 꽃이 숨어 인적도 뜸한데
머리에 짐을 포개 인 모성의 그림자여.

하루에도 여러 번을 고향처럼 쳐다본 산
곤충처럼 각축하는 석간 지면 펼칠 때면
한 서린 저 가슴팍을 뭉개주는 네가 있다.

사월

잃어버린 이웃들이 어디선가 모여들어
시대를 물들이며 은혜로운 창을 열고,
새로운 출발의 꿈을 푸른 하늘에 싣는다.

산과 들을 지켜온 것은 스스로의 인내일 뿐
남 모를 아픔 딛고 잠깬 날의 주변에는
침묵의 입술을 깨는 그림자가 설렌다.

전설의 누덕옷을 훌렁 벗은 나무들은
기원(祈願)으로 안정 찾고 가지런히 청하는 악수
상대적 불만이 가신 사월의 미소가 번다.

유월

계절과 더불어 온
유월의 산하에 서면
포성의 여운 끝에
몸부림치는 상흔(傷痕)
너라는 그림자 함께
자유의 방패였다.

역사의 노을 비껴
능선들은 살아나고
기억의 강물을 비워
다시 선 겨레 앞에
이 달은 목이 메도록
조국 이름 부르고 싶다.

전설이 가지 뻗는
아픔도 몇 겹이더냐
초(秒)읽는 적막 안고
굽이치는 임진강

강물만 남북을 이어
피를 걸러 증언한다.

탑

높아만 보인 탑이 서둘러 미소 짓고
외로운 길섶에서 한 시대를 굽어보며
숨쉬는 역사로 살아 우리들의 가슴을 친다.

어느 날 너로 하여 변혁의 파도 되고
겨레의 빈 가슴에 한가닥 불을 지펴
자유의 샘물이 넘칠 침묵으로 설렌다.

영원히 지키려는 다짐으로 메운 그대
의롭게 절규하는 메아리로 되돌아와
탑 위에 탑으로 솟는 뜨거운 김이 되라.

고란사의 벼랑

끊어도 끊이지 않는
인연으로 푸른 심지

기어이 보고 말리라
비바람의 엇갈림을

핏자국
아롱져 흐른
이 업보(業報)의 벼랑에서.

단풍잎 물든 바위
길손 보내 길손 맞고

겹겹이 한(恨)이 스민
돌 틈에서 싹튼 고란

부서진
기왓장에도
옛 숨결이 돋는다.

난을 기리는 노래

구석진 선반에 얹혀 빛 잃은 토색 화분
긴 시간 눈 밖에서 손짓 바라다 애타더니
해후의 이슬이 맺혀
자리 뜨는 설레임.

인연으로 이어지면 숨은 생기 끝이 없이
멀리 뻗는 산맥처럼 모양지어 흐르는데
오늘도 그 작은 얼굴
떠오르는 곁에 있다.

시간을 층층 딛고 물들인 염원의 갈래
꽃 향기 더디 오는 기다림에 더러는 지쳐
이 아침 머뭇거리는
발목을 적신다.

병원문 곁에서

구급차 들어간 뒤 적막의 물살이 인다
예언과 운세 앞에 떨어지는 카드 잡아
얼굴도 모르는 궁금증을 또 하나 포개고 있다.

실수로 얼룩졌던 어제 삶을 등에 지고
절벽이 문득문득 끼어드는 아슬함도
이제는 시간 속에서 돌아보는 길목인 것을.

밀려가는 내 이웃의 무거운 발걸음과
고개 숙인 아우성이 넘나드는 이 주변에
다져진 돌문으로도 감내 못할 기원이 있다.

계단

스스로 다스리어
분수(分數)를 지키고 있다

눈금 위에 바뀌어
서 있는 나를 잊고

서로들 쪼개는 시간
목청으로 다투는데…….

여기 다시 지워버린
발자취의 하소연

계절이 돌아와도
비워둔 그 자리

인고(忍苦)의 금이 진 위에
또 낙엽이 지고 있다.

지름길 아예 없는
묵시(默示)로 이은 자국

한 계단 오르고 나면
내게 닿는 속삭임

오른 길 내려다보고
녹슨 기억 풀어보자.

밤의 창

어찌 말이 없는가
밤의 창은 말 없는가

무엇이 하늘을 태워
적막은 귀를 열고

산너머 가는 별 하나
반짝 빛을 물었다.

천사의 옷을 둘러
고요한 속삭임이여

사슴의 숨소린듯
밤 공기에 새는데

바닷속 끓는 물소리
창에 젖어 오른다.

산행의 즐거움과 세상의 어울림

김남석

문학평론가, 연극평론가

1. 산행의 세 가지 마음가짐

나는 산에 오를 때 세 가지 마음가짐을 경험한다. 일단 등산이 시작되면 올라갈 걱정이 앞선다. 산행을 같이 떠난 동료 중에는 처음부터 끝까지 느긋한 사람이 없지 않지만, 나는 동네 앞산을 오르더라도 실패에 대한 두려움을 쉽게 떨쳐 버리지 못한다. 정상에 오르겠다는 일념이 마음을 지배하면, 자연스럽게 다른 생각이 사라진다. 이러한 상태를 '무심'에 견줄 수 있겠다.

그 다음, 오는 것은 '극기'의 상태이다. 동료가 배낭을 대신 짊어질 수는 있지만, 나를 걷도록 해줄 수는 없다. 걷는 것은 순전히 자신의 몫이다. 자기 스스로 책임져야 하는 자기 일인 셈이다. 영광도 자신의 몫이지만, 고통도 자신의 몫이다. 산행은 자기를 이기는 도리밖에는 없다.

마지막으로 찾아오는 것이, 평정의 상태이다. 그러나 이 상태는 항상 찾아오는 것도 아니고 오래 지속되는 것도 아니다. 정해진 목표를 성취했거나 소기의 만족감을 얻었을 때 가끔 그리고 은밀히 찾아온다. 이 상태에 접어들면 잠시나마 세상의 번뇌에서 벗어나는 느낌을 받는다. 전에는 깨닫지 못했던 것을 발견하고 소중하게 간직하게 되기도 한다.

산행의 즐거움은 무심에 빠져들었다가 극기의 고통을 이겨내고 평정의 순간을 맞이하는 것이다. 산은 자연스럽게 나를 세 가지 단계로 이전시키고(마지막은 주어지지 않는 경우도 있지만), 세상에서도 이와 같이 살아야 한다고 알려준다. 문제는 그 다음이다. 하산을 하고 나면 그 느낌도, 깨달음도, 다짐도, 그리고 마음의 세 가지 즐거움도 잊혀진다. 그래서 또 산을 찾을 수밖에 없다.

2. 시산(詩山)의 정상으로

김교한은 틀림없이 산을 좋아하는 사람일 것이다. 그의

시조를 통독하면서 받은 확신이다. 나는 그의 시조를 읽으면서 등산을 하는 느낌을 받았다. 그는 문자로 산행의 즐거움을 옮기고 시(조)로 산을 쌓아 그 속을 누빌 수 있도록 시집 내부를 조경했다. 나는 시집을 거닐며 그가 올랐던 산의 정취와 그가 누렸던 산행의 묘미를 구경했다.

저 산을 바라보니 살아온 재와 같다
배낭을 등에 지고 땀에 젖은 옷을 풀고
우리가 나갈 행보를 구름 얹어 보인다.

질러가는 산길 내어 쉬어가며 뿌린 한숨
산자락에 꽃이 숨어 인적도 뜸한데
머리에 짐을 포개 인 모성의 그림자여.

하루에도 여러 번을 고향처럼 쳐다본 산
곤충처럼 각축하는 석간 지면 펼칠 때면
한 서린 저 가슴팍을 뭉개주는 네가 있다.
─「외로운 산」 전문

시인은 산을 오르고 있다. 배낭을 진 등뒤로 옷이 땀에 젖는 것을 느낀다. 앞으로 갈 길을 내다보니 산길 너머로 구름이 피어나고 있다. 산이 구름을 얹고 서 있는 모습이다. 그 모습을 보면서 산이 '재'와 같다고 생각한다.

여기서 '재'란 두 갈래로 해석될 수 있다. '불에 타고남은 가루'를 뜻할 수도 있고, '길이 통하여 넘어 다닐 수 있는 높은 고개'를 뜻할 수도 있다. '산'이라는 배경을 염두에 두면 후자의 뜻에 가깝지만, 시의 상징성을 생각하면 전자의 뜻도 무시할 수 없다.

'살아온 재'라는 표현을 전자로 풀면, 산이 살고 남은 껍데기라는 뜻이다. 산은 인간의 기본 주거 공간으로부터 멀리 떨어진 곳에 위치하므로 쓸모 없는 재처럼 버려졌다고 생각할 수 있다. 그러나 그러한 버려짐 때문에 산은 삶의 원형적 속성을 간직할 수 있다. 반면 후자로 풀면 산은 통로이고 난관이 된다. 삶은 항상 넘어야 할 무엇을 간직한 길이다.

우리가 산을 오르는 이유는 여기에 있다. 삶의 경로를 간직하고 있고, 삶의 궁극에 도달해야 하는 진면목을 간직하고 있기 때문이다. 무거운 배낭을 지고 땀을 흘리며 끈적한 옷을 입으면서도 기필코 산을 오르려는 이유는 어차피 우리의 삶이 그렇기 때문이다.

그래도 산은 한숨이다. 가파른 산길을 오르는 입산자에게 산은 고통이다. 산길은 앞을 가로지르면서 빨리 오라고 재촉하지만, 쉬어가던 다리는 쉽게 떨어지지 않는다. 힘들다는 생각이 머리 속을 메우기 시작하고 차츰 주변의 풍경도 지워진다. 보이던 꽃이 산자락 사이로 숨고 들리던 기척도 멀어진다. 자신과 산만 남는다. 아니 산으로 오르는 길만 남는다.

2연의 중장까지는 무심과 극기의 단계를 그리고 있는 것 같다. 입산로에서부터 시작해서 가파른 산등성이를 타고 오르는 여정은, 잡념이 지워지고 자신을 이겨야겠다는 생각이 늘어나는 코스이다. 그러다가 2연의 종장이 되면 시인의 마음가짐은 순식간에 바뀐다. 이것은 시에서 산을 칭송하는 '모성의 그림자'로 대변된다.

그 전까지 산은 입산자의 행보를 괴롭히는 고난이었다. 가족의 비유로 들면, 엄한 아버지의 인상이었다. 그런데 갑자기 어머니의 인상으로 바뀐다. 왜냐하면 산을 바라보는 마음이 평온해졌기 때문이다. 입산자는 정상에 선 듯 하다. 세상을 바라보며 자신의 삶에 대해 생각하고 있기 때문이다. 정상에 선 자는 밀려드는 평온으로 내면 깊숙이 침잠해 있는 어떤 깨달음을 불러낸다. 그리고 그러한 깨달음과 여유와 평정의 상태를 선사한 산에 대해 생각하며 가슴 뭉클해 한다.

'평정'의 뜻은 한자의 차이에 따라 크게 네 가지로 나뉜다. 일단, 평정(平靜)은 평온하고 고요한 상태를 뜻하는 단어로 주로 마음의 상태를 나타낼 때 사용된다. 다음, 평정(平定)은 난리를 평온하게 진정시킨다는 뜻으로 전쟁이나 어지러움을 정리한 상태를 가리킨다. 그 다음, 평정(平正)은 주로 술어로 사용되어 '치우침이 없고 올바르다'는 뜻을 지닌다. 마지막으로, 평정(評定)은 평결(評

決)의 의미와 상통한다. 즉 평가하여 결정한다는 뜻에 가깝다.

이 중에서 우리의 관심을 끄는 것은 첫째부터 셋째까지이다. 마음의 고요함을 이르는 말[平靜]은, 곧 외부적 상태의 안정과 관련이 있다. 마음의 정돈은 주변의 정돈에서 오는 경우가 많다. 반대로 주변이 어지러울 경우 마음의 정돈이 쉽게 이루어지지 않는 경우를 많이 볼 수 있다. 공부를 하기 전에 책상을 치우거나 중요한 일을 위해 잡다한 스케줄을 없애는 것이 그 일례이다.

특히 세상이 어지럽거나 큰 난리에 처해 있다면 마음의 평정을 얻기는 어려울 것이다. 또한 어느 한쪽에 치우쳐 극단적으로 생각하거나 바르지 못한 길을 걸어서도 힘들 것이다. 난세를 평정(平定)해야, 마음의 평정(平靜)을 얻을 수 있고, 그 평정(平靜)을 지키기 위해서는 정당하고 균형 잡힌 사고와 행동[平正]이 뒤따라야 한다.

이러한 평정의 심적 상태를 체험하는 데에 산은 중요한 거점을 마련해 준다. 특히 높은 산은 그 기울어진 각도와 극단적인 어려움으로 인해, 보는 이로 하여금 오르고 싶게 하고 그 정상에서 세상의 기울어짐과 극단성에 대해 생각하도록 만들어준다. 그것은 높은 산을, 그 기울어진 아슬아슬함과 어려운 난관을 이겨내고 마음의 기울기를 바로잡은 이에게 주어지는 평온이고 고요이며 침묵이자 사색이다.

　김교한이 문자로 옮긴 산의 시편은 이 밖에도 매우 많다. 대충 아무 페이지나 열어도 산과 관련된 시가 그 인근에 포진하고 있다. 그것은 항상 그가 산을 등정하듯 시를 등정하며, 산에서 얻은 깨달음을 시 안에 담기 위하여 애쓰고 있음을 증명한다.

3. 작은 것들의 번득임, 사소한 것들에 대한 돌봄

　산행을 하다 보면, 나무와 꽃에 남다른 시선이 가는 시점이 찾아온다. 처음에는 산을 도모하려는 목적이 전부였는데, 심적 여유가 생기면서 주위를 돌아볼 여가가 생기는 것이다. 길은 가야할 경로가 아니라, 멈춰 서서 돌아보는 거점으로 변화된다. 그러다가 계절이 바뀌고 같은 일이 몇번 반복되면서, 등산의 목적은 차츰 변화한다. 정상에 오르는 것 못지 않게 자연과 교감하는 일도 중요해진다. 교감이 시작되면 산에 피어있는 풀과 꽃과 나무들이 마음속으로 옮겨 심어진다.

　김교한의 시조에도 나무와 꽃과 풀에 대한 애정이 넘쳐나고 있다. 그의 시조는 그윽한 시선으로 생명 있는 작은 것들을 바라볼 줄 알며, 그들을 통해 정신적 수양을 닦을 줄도 안다. 사군자는 대표적인 소재이다.

1) 한사코 꺼지지 않는 불씨를
　　뿌리 깊이 간직했다.

―「매화」 부분

2) 창가에 난을 내니 늘 아침 같이 열린 하늘
　　나는 날마다 갈망의 입술 위에
　　하던 일 다 잃었어도 물을 대는 낙이 있어.

―「난 가꾸기」 부분

3) 맑은 바람 소리 푸르게 물들이며
　　어두운 밤 빈 낮에도 갖은 유혹 뿌리쳤다
　　미덥다 층층이 품은 봉서 누설 않는 한평생.

―「대」 전문

1)의 「매화」는 조선의 가객 안민영을 필두로 많은 선배 시조시인들이 탐닉(耽溺)했던 소재이다. 한파를 이겨내고 하얀 눈 위에 은은한 향기와 함께 피어있는 모습은 옛 사람들의 찬사를 불러왔고, 경건한 생명력과 굳건한 지조로 인해 인간사의 가르침으로 승화되었다. 이러한 찬사와 가르침을 담은 시조들이 만들어지며, 고절한 상상력의 승계를 이룩했다. 이러한 상상력에 김교한 역시 하나의 점을 더한다. 그는 매화의 붉고 매서운 기운을 '한사코 꺼지지 않는 불씨'라고 칭송하며, 정신의 거룩한

뿌리를 시조 안에 갈무리했다. 비록 독창적인 시각을 제시한 경우는 아니라 하나, 우리가 보아온 명 매화시조 편에 포함시켜도 무방할 것이다.

2)의 「난 가꾸기」는 이병기의 시조 「난초」를 연상시킨다. 이병기는 난을 애지중지하며 마치 자식처럼 돌보았고, 난을 돌보면서 얻은 직관과 애정을 정갈한 시조로 피워내었다. 지금도 난을 떠올릴 때, 그 시는 유효하고 소중한 언어적 전범이 된다. 김교한도 이병기의 경우처럼 난의 외형을 묘사하고 성정을 노래하고 있다. 서경과 서정의 조화를 목적으로 겉모습과 속사정을 그려내는 시조의 일반적 패턴을 따른다. 그러면서도 살짝 1연을 추가한다. 1연은 '난 가꾸기'의 힘듦과 즐거움에 대한 토로이다. 생활인의 기쁨인 것이다.

시인은 난을 키우면서 하루를 소일하고 있다. 중장과 종장을 보면 시인은 하고 싶은 일이 여전히 있는데 그 일을 할 기회를 잃은 것 같다. 욕망은 크고 기회는 없는 셈이다. 그 때 난초는 시인의 동무가 된다. 옆에서 시인이 할 일을 제공하고 시인의 돌봄을 요구한다. 난을 돌보는 일은 어렵다. 난은 무심해야 잘 키울 수 있다고 한다. 물도 자주 주어서는 안 된다. 그래서 '물을 대는 낙'은 무한한 즐거움이 아니다. 물을 주고 싶지만 주지 않으려고 하면서, 관심을 가지고 싶지만 그 관심을 애써 무시하면서 얻는 즐거움이다. 자제가 요구되고 진정한 돌봄이 요구되는 욕망인 셈이다.

　3)처럼, 「대」를 논하는 시는 꽤 많다. 그 중에서 기억에 남는 시가 윤선도의 「오우가」 중 '죽' 편이다. 간단히 외워 보면 다음과 같다. "나모도 아닌거시 플도 아닌거시, 곳기난 뉘시기며 속은어이 뷔연난다 더러코 사시예 프르니 그랄됴햐 하노라". 여기서 강조되는 것은 대나무의 고고한 품성이다. 대나무는 나무도 풀도 아닌 존재로 그 어느 한 쪽에 편중되지 않는다. 겉은 곧고 속은 비어 외면적으로 굳건하면서 내면적으로 청빈한 성품을 상징한다. 항상 푸르기 때문에 변함없다는 미덕도 있다.

　김교한의 시조 「대」도 동일한 상상력의 궤도 위에 있다. 김교한은 '대'를 '누설 않는 한 평생'의 사연을 담은 '봉서'에 비유하고 있다. 속을 감추고 신의를 지키며 묵직한 정신의 무게를 고수하는 특징을 노래한 것이다. 유혹에 쉽게 넘어가고 비밀을 누설하며 진중하지 못한 사람들에게 귀감이 되기를 바라는 것 같다.

　김교한의 시(조)집을 살펴보면, 이 밖에도 풀과 꽃과 나무에 대해 애정을 드러낸 시편을 어렵지 않게 찾을 수 있다. 시조 「들국화」가 대표적이다. 이 시조를 앞의 세 시조에 첨가하면, 김교한의 사군자를 완성시킬 수 있다. 이것은 김교한이 전래의 소재와 시조의 운용 방식을 본받아, 자신의 시조에 구축해 놓은 일종의 틀이자 주형이다. 그 틀을 계승하되 주형을 변주시킨 시조가 「겨울 장미」이다.

<blockquote>
끝내 솟구친 울음 얼룩으로 다 삼키고
저항 없이 낙엽져 간 그림자를 딛고 서서
싸늘한 계절이 와도 못다한 말 홀로 고한다.
</blockquote>

—「겨울 장미」 부분

　도봉산 우이암에 오르는 길에 원통사에 들렀다가 소담하게 핀 장미 화분을 본 적이 있다. 절에 핀 장미는 색다른 느낌을 자아냈다. 장미는 화려한 꽃이기에 아무리 소담하다는 표현을 빌린다 해도, 미색을 감추기 어렵다. 낡고 비좁고 수수한 절에서는 더욱 그 미색을 감추기 어렵다. 도포 입고 자전거 타는 것처럼 어색했고, 어떤 의미에서는 이질적인 것들의 만남으로 보는 이들을 혼란시켰다.

　장미를 시조로 묘사하는 것도 마찬가지가 아닐까 한다. 시조에는 왠지 매란국죽이 제격일 것 같고, 장미는 서양의 오페라에나 어울릴 것 같다. 그러나 김교한은 과감하게 시조를 장미로 채색한다. 시조의 무채색이 장미의 선홍색을 받아들인 것이다.

　「겨울 장미」에서 장미는 참혹한 계절에 직면한다. 화려했던 여름은 지나갔고 열광하던 관객도 사라졌다. 자랑이던 선홍색도, 도도한 자태도, 아름답던 균형도 무너졌다. 남은 것은 울음을 삼키고 외로움을 버티며 '못다한

101

말'을 홀로 되뇌는 것뿐이다. 그 속말은 시련에 대한 인내이며, 재생에 대한 다짐이다. 「장미」라는 시를 보면 장미를 '결 고운 상처'라고 노래하고 있다. 한 송이 꽃이 피어나는 어려움을 투시한 표현이다.

김교한의 다른 점은 여기에 있다. 그는 사군자가 아닌 장미에서도 정신적 수양과 도덕적 품성을 재현한다. 장미의 화려함이 아닌 이면의 인내와 의지를 높게 산 것은 남다른 관찰과 안목 덕분이다. 그 혜안은 산행에서 만난 꽃나무 가지의 아름다움에서 왔을 가능성이 높다. 아니 설령 그렇지 않다고 해도, 산행을 통해 얻을 수 있는 '작은 것들에 대한 관심'을 시를 통해 이미 얻었다는 점에서, 그에게 산행은 시이고 시는 산행이며 둘은 세상의 아름다운 것들을 돌보는 마음의 힘이다.

4. 산 아래로 난 길과 세상에서의 어울림

산행의 끝은 하산이다. 집으로 돌아오는 길이며, 세상으로 나와 어울려 사는 일이다. 그래서 속세의 어지러움을 절실히 체험하는 이들에게 하산은 맞이하고 싶지 않은 순간이다. 그러나 산행의 끝은 하산일 수밖에 없으며, 하산을 거부한다면 산행은 은거(隱居)가 되어야 마땅하다. 다시 말해서 산행은 세상으로 돌아오기 위한 일시적 떠남이며, 떠남을 통해 생각하는 삶에 대한 관조법이다.

그런데 김교한의 시조에는 하산의 과정이 없다. 일부러 빠뜨리고 있는 것 같다. 그의 시조는 산의 정상에서 멈추는 경우가 많고 그 다음은 생략되기 일쑤이다. 다른 시조로 시선을 옮겨 보면 다시 산을 오르고 있다. 이러한 시조들의 흐름을 보면서, 산의 시편 사이에 어떤 체험을 밀어넣을 수 있을 것 같다. 그것은 속세에 대한 거부이며, 어지러운 속세의 삶을 정리하고 싶은 시인의 욕구이다.

그럼에도 산을 오르고 있는 과정만 있고, 정상의 기쁨과 느낌만 있고, 속세에 대한 관조만 있다는 것은 불만 사항이 아닐 수 없다. 은거와 표일에 대한 지나친 경도일 수 있다. 삶은 구질구질한 모듬살이 안에 필연적으로 기거하게 마련이며, 떠남은 돌아옴을 숙명처럼 떠 안게 마련이다. 이러한 순환을 거부한다는 것은 의미의 퇴색을 자초할 수 있다.

그러한 예로 소리의 부재를 들 수 있다. 김교한의 각 시조를 두루 살펴보면, 소리에 대한 묘사가 거의 없다. 시각적 감각에 의존하는 비율에 비하여 청각적 감각에 의존하는 비율이 극히 떨어진다. 가끔 등장하는 소리도, 안으로 은닉되어 들리는 환각적 소리 혹은 자아의 내면에서 걸러져서 변형된 소리에 불과하다. 가령 「산의 울림」의 "산사의 적요함에 점점 더 젖어들면 … 십일월 그 짙은 빛깔의 울림이 물결친다"와 같은 구절은 대표적이

다. 이것은 실제 세상에서 들리는 소음이나 잡음이 제거
되고 정제된 아름다움은 있지만, 실감은 줄어든 소리이
다. 무엇보다 인간의 냄새와 목소리가 제거된 점은 아쉬
움이 아닐 수 없다.

> 진달래 앞장세워 천주산 등에 서니
> 숨가쁜 오르막길 젖은 땀의 보람만큼
> 세상은 열리어 있다 누군가의 외침이 있다.
>
> —「봄 산」 부분

　인용된 시조는 드물게 사람의 목소리를 담은 시편이
다. 앞의 1, 2행은 입산자의 수고로움을 묘사하고 있다.
이 시에서도 '땀의 보람'을 이야기함으로써 무심과 극기
의 단계를 거쳐 평정의 상태로 접어든 시인의 내면을 살
짝 공개한다.

　그 다음이 주목된다. 종장은 평범한 단어 '세상은'으로
'불변의 음수율'을 맞추고 있다. 김교한의 시조를 두루
보면 종장의 첫 마디에 오는 3음절에 특이한 단어를 일부
러 골라 쓴 흔적이 있는데, 이 시조는 그러한 예에 포함
되지 않는다. 평범한 진리를 보여주는 데에, 조탁된 부사
(副詞)나 잘 쓰지 않는 감탄사가 아닌 평범한 명사(+주격
조사) 주어를 사용하고 있다는 점이 주목된다.

　종장은 두 개로 이분된다. 앞의 구는 '세상은 열리어

있다'로 정상에서 바라본 세상의 모습과 시인의 감회를 적고 있다. 그 다음은 시인의 마음 속 세상에 끼여든 사람의 목소리이다. 누군가의 외침이, 시인이 바라보고 감상하는 세상의 모퉁이에 자리 잡은 것이다. 소란스럽고 귀찮은, 그리고 속되기도 한 인간의 목소리가 풍경 안으로 삽입되는 장면은 보기 좋다. 시인의 산행이 정신적 호사 취미가 되지 않도록 지탱하는 버팀목 구실을 하기 때문에 더욱 듣기 좋다.

나는 앞으로 김교한의 시가 산을 사랑하되, 그 산을 내려와 인간의 세상에서 사는 법을 보다 의미 있게 탐색하는 세계를 열어 보이면 좋을 것 같다고 생각한다. 시가 산에서의 은일과 여유자적과 아름다운 것들에 대한 탐닉만을 이야기한다면, 세상에서의 삶은 점점 싫어질 것이다. 세상에서의 삶을 도외시한 채, 자연에서의 삶만을 이야기한다는 것은 어떤 의미에서는 편견이고, 또 오만이다.

이러한 측면에서 주목되는 시가 하나 있다. 이 시는 역사의 한 맥락을 우리가 사는 공간 위에 펼쳐 보이고 있다. 정확한 정황은 추측하기 어렵지만, 격동의 역사에서 한 대목을 차지했던 비극적인 공간에 대한 관조이며 또한 사색이다. 이 시를 통해 우리는 김교한의 시가 산에서 내려와서, 어떤 자세로 세상에 임해야 하는지 미리 엿볼 수 있다. 그의 말대로 하산 이후의 삶을 시에서 비워두어야 할 아무런 이유는 없다. 거기서 외침들—비록 시끄러

운 세속의 잡음이고 하잘 것 없는 소음일지라도―에 다
시 귀기울여야 할 것이다. 그 잡음과 소음이 '우리'와 '세
상'의 외침이기 때문이다.

비워두어야 할
아무런 이유도 없었다

그것은 바람 속의
깃발도 아니었다

역사를 바꾸어놓을
축제의 장(場)도 아니었다.

한 시대의 물굽이가
방향을 잃어버려

바위보다 무거운
침묵이 다가오는데

갈라진 이 유역에서
다시 듣는 외침들.

―「광장」 전문

김교한 연보

(1)

1928년　울산광역시 울주군 웅촌면 초천리 145번지에서 출생.

1943년　웅촌초등학교 졸업.

1946년　울산농림전수학교 졸업 후 문교부 시행 고등학교 교원
　　　　자격 검정고시에 합격하였으며, 경남대학교 문학부 국
　　　　문학과(2부) 졸업함.

1950년　웅촌고등공민학교 교사, 교감 근무.

1954년　청량중학교 교사 발령으로 공립 중등 교직 생활 시작.
　　　　마산여자고등학교 교사 근무 중 마산교육대학 강사(1969
　　　　년) 겸임.

1971년　교감 승진, 지세포중학교, 고성여자중학교 교감, 마산시
　　　　교육청 장학사, 마산중학교, 마산고등학교. 교감 근무.

1978년　교장 승진. 화개중학교 교장, 마산시교육청 학무과장, 동
　　　　진중학교, 마산합포중학교 교장 근무.

1989년　김해시교육장 재직 2년 후 마산양덕중학교 교장직에서
　　　　정년 퇴임함(1994.2.28).

(2)

1958년　자유민보에 시조 「白雪頌」 발표.

1964년　보건사회부 전국공모 노래가사 당선.

1965년   율시조 동인활동.

1966년   『시조문학』 3회 천료.

          마산문인협회장, 한국문인협회 회원.

1968년   <고향의 봄> 노래비건립위원회 부위원장.

          『마산문학』(문협) 창간호 간행.

          현대문학 마산지방 연락위원.

          경남문학간행위원장.

1969년   시조화전 개최(1.7~1.12 / 마산제일다방).

          『경남문학』 창간호 간행.

          마산종합문화제 부대회장.

1970년   노산 이은상 <가고파> 노래비건립위원회 위원.

1974년   한글학회 회원('사이 ㅅ 연구' 논문 통과로 입회 인준).

1978년   경남국어교육연구회장.

          시조집 『噴水』 간행.

1980년   경남 중등학교 학생종합발표대회 백일장 심사위원장.

1982년   마산시조문학회장(창립).

1987년   한글학회경남지회 고문.

          경남시조문학회 고문.

1989년   제13회 가락문화제대회 고문.

1993년   국제펜클럽 한국본부 회원.

          시조집 『도요를 찾아서』 간행.

          93책의해조직위원회 신간도서선정위원회에서 시조집 『도
          요를 찾아서』를 이 달의 도서로 선정, 대한출판문화회관
          에서 전시함(10월).

1996년   경남문인협회 시조분과위원장.

          한국시조시인협회 부회장.

제35회 경상남도문화상 심사위원회 부위원장.

경상남도 문화예술진흥위원회 위원.

한국시조문학상 운영위원장.

1997년   울산시조시인협회 고문.

1999년   올해의 시조문학작품상 운영위원회 위원.

경남시조문학상 운영위원장.

2000년   문예진흥기금지원사업 심사위원회 전문위원.

경남문학관 운영위원회 이사.

한국시조문학작가회 부회장.

2001년   경남문학관 부설 문예대학교 강사.

연대시조 동인.

2002년   시조집 『대』 간행.

2003년   세계시조사랑협회 자문위원.

현재   노산시조연구회장.

경남시조시인협회 고문.

울산시조시인협회 고문.

(3)

1963년   경상남도지사 표창장 받음.

1969년   경상남도교육감 표창장, 경상남도교육감 표창장(우수논문) 받음.

1973년   대통령 표창장 받음.

1983년   마산시문화상 받음.

1984년   성파시조문학상 받음.

1987년   문교부장관 표창장, 경상남도교육감 표창장 받음.

1991년   노산문학상 받음.

1993년   경상남도문화상 받음.
1994년   국민훈장 동백장 받음.
1995년   경남문학상 받음.
2000년   경남시조문학상, 시민불교문화상 받음.

참고문헌

김복근, 「파격과 파울」, 『경남문학』, 1999. 12.

______, 「생태주의 시조 연구」, 창원대학교 박사논문, 2003. 6.

김연동, 「시적 미감 확보와 개성」, 『시문학』, 1995. 5.

김열규, 「시조의 수사학, 수사학적 시조론」, 『경남시조』, 1999. 8.

김제현, 「현대시조의 비유(은유)」, 『현대시조작법』, 1999. 9.

______, 「시조의 굳건한 맛」, 『시조문학』, 2000. 12.

민병도, 「자연에 대한 새로운 자각과 성찰」, 『월간문학』, 2001. 8.

박영교, 「단순성에서 오는 미학」, 『현대시학』, 1987. 3.

______, 「인내와 의지의 극복」, 『월간문학』, 1992. 10.

______, 「IMF 한파와 작품의 정체성」, 『경남문학』, 1998. 6.

서 벌, 「지금 가는 이 길은」, 『월간문학』, 1995. 6.

______, 「읽을 맛 나는 시조들」, 『시문학』, 1995. 12.

신상철, 「인고의 미학―시가 있는 산책」, 『도요를 찾아서』, 1993. 9.

신웅순, 「이 시대 시조 한 조각 일엽 편주의 의미」, 『시조월드』,
        2003. 3.

유재영, 「아름다운 설득」, 『대』, 2002. 8.

이우걸, 「기다림의 시학」, 『마산문학』, 1991. 7.

______, 「빈 산의 깨달음」, 『경남문학』, 1995. 6.

______, 「약수터 산책 기타」, 『경남문학』, 1995. 9.

장성진, 「역사 의식과 의지의 정형시적 표출」, 『경남문학』, 1999. 9.

조주환, 「자연과 역사의 현장을 보는 눈」, 『월간문학』, 1995. 9.

_____, 「불완전한 정형에의 충실」, 『한맥문학』, 1997. 9.

_____, 「새롭고 다양한 가능성의 시」, 『시조문학』, 1999. 6.